Jannis Plastargias

Hoffnung blaue Seiten.
Eine schwule Erzählung

Impressum:

Lektorat: Susanne Schmitz

Copyright © 2013 TUBUK.digital

Ein Imprint der TUBUK GmbH

www.tubuk-digital.de

»Auf Gayromeo, von Schwulen mittlerweile als ›Die Blauen Seiten‹ bezeichnet, hat jeder volljährige Schwule, Bi oder Transgender die Möglichkeit, sich zu präsentieren. Je aussagekräftiger, desto wirksamer.«

(http://www.freitag.de/alltag/1051-blog-glamourdick)

Menschen fragen immer nach dem »Warum« und dem »Wie alles begann ...«
Ich tat dies auch lange Zeit, und ich wage zu behaupten, dass damit mein Di-
lemma begann. Nicht etwa mit dem obligatorischen Trauma, das angeblich der
Ursprung allen Übels sein müsste, das es aber nicht gibt, nicht in meinen Erin-
nerungen. Nein, diese vielen Fragen nach der Ursache waren das Fatale. Jedoch ist dies einerlei, denn die Antwort darauf ändert nichts an der Tatsache,
nichts an dem Zustand, der so ein Leben wie meines nicht mehr lebenswert
erscheinen lässt.

Ich versuche mich selbst zu riechen, doch es gelingt mir nicht. Nach meiner
Wahrnehmung dufte ich, nach der anderer Menschen stinke ich eventuell, ich
weiß es nicht. Viel zu lange habe ich keinen mehr gesehen, viel zu lange war
ich damit beschäftigt, mich mit mir selbst zu beschäftigen: Zu versuchen mich
zu riechen, meine Füße anzuschauen, wie sie scheinbar immer knorpeliger
werden, meine Falten im Spiegel zu betrachten, wie sie sich immer weiter in
mein Gesicht einkerben. Früher waren meine Stirnfalten dünne Striche, wenn
ich die Stirn runzelte, nun sind da dicke wellige Linien, die mich alt erscheinen
lassen – zumindest in meinen Augen, die womöglich zu kritisch sind, doch ich
weiß nicht, wen ich fragen könnte, so wie ich es früher noch tun konnte.

Etwas hat sich in meinem Leben verändert, etwas Grundlegendes. Und das
merke ich besonders, wenn ich in meinem Wohnzimmer auf der Couch sitze
und das gegenüberliegende identische Sofa anschaue, das verwaist dasteht. Ich
sitze hier jeden Tag, jeden verdammten Tag seit fünf Jahren, seitdem ich diese
beiden Sofas bestellt habe, und vorher waren es zwei andere identische Cou-
chen, die mein gemütliches Wohnzimmer zierten. Zehn Jahre lang, bis ich es
satt hatte, sie tagtäglich zu sehen, so wie ich alles täglich sehe, ohne meine
Augen mit dem Anblick anderer Dinge entspannen zu können. Ohne meinen
Augen einen Urlaub vom Alltag, der seit etwa zwölf Jahren der gleiche ist, zu
gönnen.

Selbstverständlich versuche ich alles, um meine Einrichtung für mich selbst
abwechslungsreich zu gestalten. Das überzählige Zimmer, von dem ich zunächst nicht wusste, wie ich es nutzen sollte, habe ich in ein Lager verwandelt,
in dem ganz verschiedene Gegenstände darauf warten, von mir gegen die

aktuellen Lieblinge ausgetauscht zu werden. So habe ich nicht nur etwa neunzig verschiedene Gemälde und Bilder, die abwechselnd meine Wohn- bzw. Schlafzimmerwände zieren, sondern zum Beispiel auch ungefähr zwanzig verschiedene Tee-Services, die ich in meiner antiken Vitrine aus Walnussholz, auf die ich sehr stolz bin – ein Erbstück –, präsentieren kann, sicher vierzig oder mehr Vasen, die ich im Internet bestellt habe, in vielen verschiedenen Farben, die ich mit Blumen, die mir Fleurop bringt, bestücke. Den Nippes, den ich in den Jahren angesammelt habe, kann ich gar nicht aufzählen, ich habe eine wahre Sammlerleidenschaft entwickelt, aus Langeweile und fehlender Abwechslung, EBAY sei Dank.

Vielleicht begann alles ganz harmlos. Vage erinnere ich mich an Situationen, wie ein Schnappschuss, wie ein kleines Blitzlicht erscheint es mir heute. Bilder, in denen ich am Telefon stehe – damals noch mit Schnur –, in unbequemer Haltung, ich druckse herum, so wie ich das schon immer tat, wenn ich nicht weiter wusste, stammelnd, das Angebot ablehnend, das mir gemacht wurde. Mit in die Disco zu fahren vielleicht, oder an den Badesee, ohne zu wissen wieso, einfach weil die plötzliche Angst die Überhand gewann, eine irrationale, eine sehr brüchige, die im nächsten Moment bereits weg war, aber die dennoch stark nachwirkte, sodass ich nicht umhin konnte, NEIN zu sagen. Einfach nein, vielleicht weil ich eine kurze Vision davon hatte, wie ich sterbe, im Auto sitzend auf dem Weg zur Disco, zusammengequetscht in einem Auto mit Totalschaden, vielleicht auch von einem anderen Gefährt angefahren, von einem großen Bus, der mich niederstreckt, der mich platt und blutüberströmt auf der Straße liegen lässt, eine Menge kreischender Menschen um mich herum. Kleine Kinder, die brüllen, kleine Teenie-Mädchen, die herzzerreißend weinen, Frauen mit offenen Mündern, die diesen Anblick nicht fassen können. Vielleicht auch vor dem Club von einer Gang blutrünstiger Typen abgeschlachtet, weil ich etwas Falsches entgegnet habe, etwas, womit sie nicht umgehen konnten, etwas, das sie nicht hören wollten, egal, der Möglichkeiten gab es unendlich viele, die sich in diesen kleinen Schnappschüssen hätten offenbaren können.

Vielleicht begann dies alles so, vielleicht auch nicht. Fakt ist, dass es irgendwann eine Zeit in meinem Leben gab, in der diese Gedanken ihren Lauf nahmen: »Scheiße, was ist, wenn ich auf dem Weg von a nach b sterbe?«, »Was ist, wenn ich in der Disco einen Herzinfarkt bekomme?«, »Was, wenn ich das alles nicht mehr schaffe, die Schule, dieses Date, das Spiel, dieses Telefonat?«, »Was denken die anderen, wenn sie mich so leiden, versagen oder zusammenbrechen sehen?«. Es begannen diese unsäglichen Gedanken wie: Ich schaff das alles nicht mehr, ich halte das nicht mehr aus, ich muss hier raus, ich muss hier verdammtnochmalrausrausraus.

Es hat sich etwas verändert, ich habe es bereits erwähnt, etwas Grundlegendes sogar, etwas, das mich außer Tritt bringt, etwas, was mich verzweifeln lässt. Denn es ist etwas, womit niemand leicht zurande käme, niemand auf dieser Welt, obwohl ich natürlich gar nicht so viele Leute kenne, um das tatsächlich beurteilen zu können, aber es muss so sein. Diese Tatsache, dass nun auch der letzte Mensch, der Einlass in meine Wohnung erhalten hatte, einfach nicht mehr da ist, nicht mehr kommen wird, weil er nicht mehr kommen kann, nicht, weil er nicht will, sondern weil es einfach nicht möglich ist für ihn, das ist so schrecklich für mich, das ist so schwierig zu handhaben für mich, fast ein Ding der Unmöglichkeit. So wie es allerdings auch unmöglich ist, nach draußen zu gehen, Leute kennenzulernen, ein »normales« Leben zu führen, eines, wie es die anderen führen, eines, was den meisten Menschen lebenswert erscheint. Und nicht das Dahinvegetieren, zu dem ich verdammt bin, selbstverschuldet vielleicht, wer kann das schon wissen, schließlich kenne ich das WARUM meines Zustands ja nicht, vielleicht, weil es niemand wissen kann, vielleicht, weil es kein Warum gibt.

Als er das letzte Mal zu Besuch war, auf dem identischen Sofa – braunes Kunstleder, das zur Vitrine passt – wussten wir beide nicht, dass wir uns nie wieder sehen würden. Es war nicht absehbar, es war nicht erwartet, uns schien noch annähernd die Hälfte unseres Lebens vor uns zu liegen. So viel Zeit war bereits vergangen, in dieser unserer Beziehung zueinander, etwas wie eine Sandkastenliebe – wir kannten uns schon im Kindergarten, waren Nachbarskinder –, nur sehr viel komplizierter. Und es hätte jahrelang so weitergehen können, so hatten wir das geplant, wir hatten Absprachen, wir hatten uns in unserer Kompliziertheit sehr gut eingerichtet, niemand wusste von unserer Verbindung, und das war gut so, vor allem für ihn, der in einer festen Partnerschaft mit einer Frau lebte. Aber auch gut für mich, weil ich deswegen kein schlechtes Gewissen zu haben brauchte, eine Last, an der ich zu schwer getragen hätte, wenn es sie denn gegeben hätte, eine Last, die mir nicht aufgebürdet werden dürfte, bei all diesen Ängsten, die so schwer auf mich drücken, die mein Leben behindern, die mein Leben zur Farce werden lassen, die sich kein Mensch so recht vorstellen kann, nicht einmal er, der mein Leben auf seine Weise mit mir geteilt hatte.

Die Blauen Seiten also, so genannt wegen ihres Layouts, dem markanten eingängigen Blau, das die Seiten ziert, und die eine solch große Bewandtnis haben im Leben homosexueller Männer. Was jedem anderen unglaublich erscheinen mag, der diese Internet-Plattform nicht kennt – lange Zeit gehörte auch ich dazu, ich hatte dort kein Profil, ich wusste noch nicht, dass es so etwas gibt. Von dem die Mitglieder sagen, es sei wie ein »schwules Einwohnermeldeamt«, weil es angeblich alle mit dieser Veranlagung nutzen, und nach den ersten Informationen, die ich noch vor kurzer Zeit von ihm, meinem letzten Freund, erhalten habe, kann ich erst einmal die Sehnsüchte, die mit diesem Chatroom verbunden sind, verstehen, nachvollziehen. Die Ängste, die Wünsche, die Hoffnungen, die Freuden und die Laster, die Dinge also, die einen stundenlang in diese Sphären abtauchen, die Welt um sich herum vergessen lassen, den traurigen Alltag, den man so oder so alleine bestreiten muss, auch wenn man nicht so isoliert lebt wie ich das tue.

Es dauert ein bisschen, bis ich mich an diese Art der Kommunikation gewöhnen kann, an die aggressive Art dieser Schwulen, die sich auf diesen Blauen Seiten tummeln, an ihre demonstrativ offensiv gewählten Namen, »Los Rammlos«, »Rosablasehase«, »Stehaufältere«, »Poglanz« oder »fesselfun«, der übrigens »coole Prolls und Fesslfans für Fun« sucht, was immer das heißen mag. Andere halten Ausschau nach »Only muscular and athletic guys!!!«, andere warnen: »no pic = no answer, keine tunten, kinder, opas KEINE UNTERWÄSCHESCHNÜFFLER, TG-Angebote und sonstige Spinner.« Andere annoncieren: »Nette junx bitte melden – cooles date gesucht … ach, und noch was: Sex ohne Knutschen ist wie Atmen ohne Luft …« Wieder andere preisen an: »Ficken = Du + Ich! So einfach ist die Rechnung«, »Pissloch6« ist eine »geile Sau und offen für dreckige Vorschläge«, ein anderer ist besonders lustig und erfindet folgenden Spruch: »Suchst du noch oder fickst du schon?« und einer sucht einen »reifen Daddy für Sex, bin passiv und liebe es richtig genommen zu werden!!!«, womit wohl Männer in meinem Alter angesprochen werden sollen. Deswegen schaue ich mir das Profil des jungen Mannes näher an, der sich »seeking4daddy« nennt, 25 Jahre alt ist, 183 cm groß und 81 Kg schwer, athletisch, Europäer, er hat mittellange, schwarze Haare, braune Augen, bisexuell ist er und hat einen unbeschnittenen Penis in M-Größe, was auch immer das bedeuten mag, und Daddys ab 40 können gerne neue »pics« von seinem »Schwanz«, allerdings keine »face-pics« erhalten, schreibt er in seinem Profil, von dem man meiner Meinung nach viel zu viel erfährt.

Ich bin nun 53 Jahre alt oder jung, je nachdem, wie man es sehen möchte. In meiner Welt bin ich nicht alt, eher fühle ich mich wie ein schutzloses Kind, das nicht erwachsen werden möchte, auch nicht nach all diesen vielen Jahren, bedingt selbstverständlich durch diese Ängste, diese schreckliche psychische Störung. Ich sehe für mein Alter wohl noch ganz gut aus, obwohl ich außer ein paar Liegestützen und ein wenig Hanteltraining keinen Sport treibe. Wie denn auch, da müsste ich ja vor meine Tür gehen. Oft habe ich mir überlegt, mir einen Cross-Trainer für zuhause anzuschaffen, doch aus ästhetischen Gründen ließ ich es bisher immer sein, so ein Gerät passt so wenig zu meiner geschmackvollen, antiken Einrichtung.

Diese Blauen Seiten überfordern mich, diese vielen Menschen, deren Profile ich anschaue, die vielen Bilder, teilweise nur die Geschlechtsteile, oft aber aufwändige, wahrscheinlich von einem professionellen Fotografen, gemachte Fotos, die den »Marktwert« erhöhen sollen. Auch in der Liebe leben wir in einer Leistungsgesellschaft. All die Daten, Körpergrößen, Augen- und Haarfarben, all die äußeren Merkmale, die einen Menschen oberflächlich von anderen unterscheiden, aber auch Charaktereigenschaften, Vorlieben, insbesondere sexueller Art. All die Texte, in denen sich Männer ihre Wünsche und Hoffnungen von der Seele reden, die sich wie Szenen aus kitschigen Filmen anhören: »Ich möchte mit dir händchenhaltend gen Sonnenuntergang laufen, unter unseren Füßen rieselt der Sand, das Meer rauscht, ein Hund wuselt um uns herum und wir lächeln glücklich um die Wette …«, »Meine Sorgen möchte ich in deiner Anwesenheit vergessen, mich an dich schmiegen, romantische alte

Filme anschauen, dabei ganz viel Eis essen, es am besten von dir abschlecken
…«, »Möchte Sonntagvormittage mit dir im Bett verbringen, zuerst unser
leckeres Frühstück vernaschen und dann dich …«. All die heischenden, für die
eigene Person werbenden Statusmeldungen wie »Ich weiß, was Du brauchst,
bei mir sollst du es gut haben – ist er zu groß, bist Du zu klein«, was auch
immer diese Zusammenstellung an Logik bieten mag, oder noch versauter:
»Wer will mir die Eier lang ziehen und den Arsch aufreißen? Sklavensau
braucht mal wieder Züchtigung (cbt/ff/bondage und andere Gemeinheiten)« –
alles Abkürzungen und Praktiken, die mir so gar nichts sagen bzw. nicht zusa-
gen.

Diese Blauen Seiten überfordern mich, weil plötzlich so viele verschiedene
Nachrichten auf einmal eintreffen, weil ich »angechattet« werde, mich gezwungen fühle, zu antworten. Besonders hartnäckig ist dabei »Filigranlover«,
der in meinem Alter ist und ebenso wenig Fotos von sich eingestellt hat. Es
befalle ihn Angst, wenn er sich vorstelle, dass Nachbarn ihn hier sehen könnten und sich daraufhin weniger distanziert ihm gegenüber verhielten, mit dem
sicheren Wissen, einen »Gleichgesinnten« in der Nachbarschaft zu haben,
allerdings seine dringend benötigte Anonymität missachtend, ihm wissende,
wohlmeinende Blicke zuwerfend, vor denen er sich ekelte. Er habe Angst, dass
ihm nachgestellt werde, nicht weil er so attraktiv sei, sondern weil kleine
schwule Jungs, die ihn hier sähen, auf die Idee kommen könnten, mit ihm
leicht ihr Taschengeld aufzubessern. Eine Sorge, die meines Erachtens in der
Regel eher die Gegenseite hat, wenn man den Texten in den Profilen von jungen Männern Glauben schenkt.

Filigranlover möchte wissen, ob ich Single bin, und nachdem ich ihm erzähle,
dass mein letzter Freund verstorben sei, möchte er unbedingt wissen, woran,
warum, wie lange das her sei, ob ich darüber hinweg gekommen sei, wie lange
wir denn ein Paar gewesen seien – all die Fragen also, die man in so einer
Situation stellt. Nicht anders als bei einem ersten Date, vermute ich, denn mein
letztes Date war in einer fernen Zeit, in der man so etwas nicht direkt angesprochen hätte, in der man sehr viel verblümter von solchen Dingen sprach,
wenn überhaupt. Denn die wenigsten offenbarten sich damals, oft wussten
nicht einmal die besten Freunde von dieser Veranlagung, geschweige denn die

Familie, es war eine andere Zeit. Eine Zeit, in der Homosexualität in der Öffentlichkeit, weder medial noch auf der Straße vorkam, und falls doch, ein Riesenaufschrei darauf folgte, eine soziale Ächtung, ein sozialer Tod gar.

Vielleicht hätte ich darauf vorbereitet sein können, auch meine Mutter, die im nun überzähligen, aber sinnvoll genutzten, Zimmer gelebt hatte, war überraschend verstorben. Sie wollte einkaufen gehen, nur kurz das Nötigste besorgen, so drückte sie sich aus, und dann kehrte sie nie wieder zurück in unsere gemeinsame Wohnung. Sie ließ mich hilflos zurück, alleine mit meinen Bedürfnissen, die ich oft nicht selbständig stillen konnte. Ich musste nun eine Lösung dafür finden, dass für mich eingekauft wurde, allerdings nicht von ihm, das wäre mir unangenehm gewesen, er war mein Geliebter, ich wollte das bisschen Urlaub, das mir sonst ja nicht vergönnt war, mit ihm erleben, Urlaub vom Alltag. Da wollte ich ihn nicht mit Einkaufszetteln belästigen, nicht mit Aufträgen, die er für mich bitte erledigen sollte, und schon gar nicht bei einem dieser Einkäufe für mich genauso verunfallen wie meine Mutter, die von einem Auto erfasst wurde. Etwas, was meine Ängste selbstverständlich nur noch vergrößerte, gerade zu einem Zeitpunkt, als ich mich schon fast bereit wähnte, wieder aus der Wohnung zu gehen.

Sollte ich ihm erzählen, dass mein Geliebter kurioserweise genauso von einem Auto erfasst wurde wie meine geliebte Mutter, dass er gerade genauso beim Einkaufen gewesen war wie sie? Und absurderweise etwas gekauft hatte, womit er mich überraschen wollte, was wiederum zu einer Überraschung bei seiner Frau führte, die nichts von uns gewusst hatte, die nichts von seiner bisexuellen Veranlagung ahnte, und die von den Polizisten mit dieser neuen Wahrheit konfrontiert wurde, mit diesem missbilligenden Augenbrauenhochziehen der Beamten, als sie ihr erzählten, was er in seinem Rucksack in einer Plastiktasche von einem Sexshop habe, der bekanntermaßen auf Artikel für homosexuelle Männer spezialisiert sei. Ob sie glaube, dass ein eifersüchtiger Geliebter ihn absichtlich überfahren habe, und sie immer wieder verzweifelt: »NEIN, NEIN, NEIN, NIEMALS« vor sich hin stammelte, ohne zu wissen, dass der Geliebte ihres geliebten Mannes nicht in der Lage gewesen wäre, so etwas zu tun. Und sie sich an der Hoffnung festhielt, dass er diese Gegenstände für jemand anderen besorgt hatte, was sie auch so lange noch hoffte, bis sie mehr

Indizien für das Gegenteil gefunden hatte. Beim Durchkramen seiner Sachen hatte sie mich, ihren Gegenspieler, ausfindig gemacht, allerdings keinen Mumm zur direkten Konfrontation gehabt – genauso wenig wie ich das gekonnt hätte. Deswegen hatte sie mir einen langen Brief über diese Geschehnisse geschrieben, ohne den ich nicht gewusst hätte, wieso er zu unseren regelmäßigen Treffen, die fest terminiert waren, nicht erschienen war.

Filigranlover fragt mich nach meinen Ängsten, doch wie sollte ich ihm diese irrationalen Ängste erklären, die mit diesen Worthülsen nicht beschrieben werden können, mit diesen Floskeln, die aus einem Medizinbuch stammen, die so blutleer sind, so wenig das beschreiben, was ich in diesen Momenten fühle, denke, spüre. Angst, die Kontrolle zu verlieren – Angst, völlig alleine und hilflos zu sein – Angst, einen Herzanfall zu erleiden – Angst, keine Luft zu bekommen – Angst, verrückt zu werden – Angst, ohnmächtig zu werden, die ganzen Unsicherheits-, Ohnmachts- und Benommenheitsgefühle, die Unwirklichkeitsgefühle. Wie sollte ich ihm begreiflich machen, dass mein Herz raste wie verrückt, dass ich plötzlich Schweißausbrüche bekam, zitterte, einen trockenen Mund bekam, Atembeschwerden gar, Beklemmungen in der Brust. Dass mir übel wurde, ich mich plötzlich erbrach, und dass bei dem Gedanken, aus dem Haus zu müssen, egal aus welchem Grunde, der Schwindel, der mich befiel, die Schwäche, Benommenheit, die ständige Angst, permanent auf Toilette zu müssen, aber nicht zu können, sobald ich aus dem Haus ging, irgendwann so übermächtig wurden, dass ich nur noch Gründe gegen das Ausgehen fand. Keine mehr dafür, auch nicht der Verlust des Jobs, immerhin eine gute, unbefristete Vollzeitstelle in einem Bereich, in dem heutzutage viele hervorragende Leute etwas suchen, aber keine Möglichkeit bekommen, auch zu finden.

Es ist eine neue Situation für mich, ich habe noch nie einem Fremden solche Dinge über mich gesagt, ja, einem Psychotherapeuten, anfangs, als ich noch – sehr selten zwar – die Kraft aufbrachte, aus dem Haus zu gehen, ja, das bekam ich noch fertig. Aber ansonsten wussten es sehr wenige Menschen, und jetzt weiß es niemand mehr, auch meinen Geliebten kannte ich schon sehr lange – wir waren quasi nie getrennt voneinander gewesen, im gleichen Kindergarten, in der Grundschule, auf dem Gymnasium, in der gleichen Uni studiert. Und doch habe ich mich ihm erst sehr spät offenbart, also, sowohl meine psychische Störung, die katastrophale Ausmaße angenommen hatte, als auch meine Homosexualität, die er erahnt hatte, jedenfalls mehr als diese andere Disposition.

Das kann sich ja auch niemand vorstellen. Du hältst es nicht aus, es ist, als ob jemand einen Eimer voll mit Skorpionen, Würmern, Käfern und Maden von oben auf dich ausschüttet, und du nicht mehr weißt, wo es kreucht und fleucht, an welchen Stellen du gebissen, gepiekst, zerfetzt wirst, wo ein Tier, welches auch immer, gerade in dich hineinkrabbelt, in welche Körperöffnung gelangt, in der an jeder Körperstelle etwas passiert. Du schüttelst dich, versuchst, diese Tiere loszuwerden, erträgst unheimliche Schmerzen, schlägst um dich, schreist um Hilfe, obwohl du genau weißt, dass niemand es hören kann. Du verlierst die Hoffnung, glaubst, dass es niemals vorbeigehen wird, diese Skorpione sind die Gedanken, die immer wiederkehren, die Käfer sind die Ängste, die immer wieder zu Bewusstsein gelangen, die Würmer sind die Gänsehaut und das Herzklopfen, die dich in so einer Panik befallen, die Maden sind die Ekelgefühle, die Verzweiflung, die allzu bekannt ist, weil sie immer da ist, minuten-, stunden-, tage-, wochen-, monate-, ja, jahrelang.

Filigranlover möchte wissen, wie ich das mit dem Einkaufen mache. Ich sage: »Nichts einfacher als das, der Nachbarsjunge übernimmt das für mich«, und dann schreibt er so merkwürdige Sachen wie, ob ich ihn »vernaschen würde, wenn er mir die Naschereien bringt«, was ich völlig unangebracht finde. Was mir mittlerweile auch einen Stich ins Herz versetzt, weil ich mich mit Filigranlover verbunden fühle, weil ich möchte, dass er mich als Mann interessant findet und nicht als pathologischen Fall. Daher antworte ich barsch und fahre mit meiner Nachricht fort, die darin besteht, dass ich ihm erkläre, dass ich das Geld an die Mutter des Jungen überweise, per Online-Banking versteht sich, der Kleine die Tüten vor die Türe legt und drei Mal klopft, und wenn er weg ist, hole ich die Einkäufe herein – alles, was er nicht besorgen kann, bestelle ich im Internet.

Filigranlover ist selbstverständlich nicht der Einzige, der mir schreibt. Aus einem mir unerfindlichen Grund schreiben mir Männer, die mich nachmittags bei mir zuhause besuchen möchten, um sich mit mir zu vergnügen. Dabei ist ganz deutlich, dass sie wahllos sind, Hauptsache ein Schwanz und ein Loch, um es obszön zu sagen, eine Möglichkeit, in einer anderen Wohnung Sex zu haben, ohne Probleme, und danach wieder aus dem Leben zu verschwinden. Ich bin zwar unerfahren, aber diese Geschichten kenne ich aus Schwulenbüchern, kenne ich aus dem Internet, aus diesen Foren für schwule Männer – dabei habe ich nur geschrieben, dass ich eine schöne Wohnung habe und besuchbar bin, um gleich deutlich zu machen, dass die potenziellen Treffen nur bei mir stattfinden können. Und genau das scheinen zum Beispiel die jungen Männer aus Ghana misszuverstehen: Schöne Wohnung bedeutet Geld haben, arriviert sein, gleichzeitig bedeutet mein Alter, dass ich keinen jungen hübschen Typen mehr abkriegen kann, dann soll ich froh sein, wenn mir ein zwanzigjähriger, zugegeben wunderschöner und gutgebauter dunkelhäutiger Mann Angebote macht, mir per Email hübsche Bilder schickt und von einer Beziehung bis ans Lebensende schreibt.

Es überfordert mich, diese Email von diesem Jungen aus Ghana zu lesen, diesem wirklich attraktiven Typen mit den traurigen Augen, der so einen lieben Text schreibt. Ich denke mir, du kannst ihn doch herholen, er kann dir im Haushalt helfen, all die Dinge tun, die du selbst nicht schaffst, aber im nächsten Moment denke ich, nein, das geht nicht, du bist kein Sklaventreiber, du kannst das nicht, du möchtest ihm helfen. Doch nicht so, schicke ihm Geld, aber das reicht ihm wahrscheinlich nicht, was ich ihm geben kann, für seine Kost und Logis sorgen, seinen Aufenthalt durch Heirat ermöglichen, das ginge noch, mehr nicht. Wieso müssen er und die anderen jungen Männer aus Accra mir schreiben, was passiert mit ihnen dort, dass sie einem Mann, der 33 Jahre älter ist, solche Nachrichten schreiben? Es bedrückt mich, es macht mich fertig, es bestätigt meine Ängste dieser schlechten Welt, in die ich nicht hinaus möchte, niemals wieder, um nichts in der Welt, wirklich. Ich male mir aus, wie sie in Ghana, wo Sex zwischen Männern illegal ist, in Gefängnisse gesperrt, von anderen Männern verprügelt und vergewaltigt werden, male mir aus, dass sie alles lieber täten, als dort weiterhin zu leben, und einen alten Knacker in Kauf nähmen, um dem allen zu entfliehen, und dieser alte Knacker sollte ich sein.

Wenn ich auf diesen Blauen Seiten eine Nachricht erhalte, dann höre ich so ein Harfengeräusch. Das gefällt mir, ich weiß nicht wieso, und ich merke, dass ich irgendwann anfange, bei jedem dieser Harfenklänge zu hoffen, dass die Nachricht von Filigranlover stammt, dass er mir endlich wieder antwortet. Und wenn ich zu lange warte, dann schaue ich mir sein Profil an, seine Texte, seine Urlaubsfotos, die keine Menschen, sondern Orte zeigen – blaues Meer, ein weiter Horizont, schneeweiße Gebirge und andere belanglose Klischeebilder. Was ihm sicherlich merkwürdig vorkommt, da er ja auf diesen Blauen Seiten verfolgen kann, wer seine Profil anschaut. Absurd ist das Ganze so oder so, das ist ja wie Verliebtheit, und ich habe noch bei Daniel Glattauers Werk »Gut gegen Nordwind« über diese naive Vorstellung gelacht, man könnte sich verlieben, ohne sich jemals persönlich getroffen zu haben, aber ich beginne nun zu verstehen, wie das funktionieren könnte, welchen Streich uns das Hirn, und nicht etwa das Herz, da spielen kann. Denn es muss ja Einbildung sein, wenn so etwas passiert, wie sollen denn diese Pheromone durch den Körper schießen können, wenn du den Geruch der anderen Person nicht kennst, wenn du den anderen nicht berührt hast, wenn du kein sinnliches Gefühl aufbauen konntest, und das alles nur im Kopf stattfindet, und doch: Ich denke an ihn, spiele in meinen Gedanken ewig unsere Chat-Dialoge durch, male mir aus, wie es wäre ihn neben mir auf dem Sofa zu haben, ihm körperlich ganz nahe zu sein.

Die meisten Chats brechen nach einer Weile ab, wenn ich zu zögerlich antworte, ausweiche, wenn es darum geht, einen Termin für ein Date auszumachen, meine Schüchternheit wird vom Gegenüber falsch gedeutet, mit Misstrauen verwechselt vielleicht, mit Desinteresse, ich weiß es nicht, nicht zumindest als Angst, als Angst, durch so ein Treffen das Ende der Beziehung heraufzubeschwören. Denn wenn ich mit ihnen schreibe ist das mehr Beziehung als sich einmal zu einem Treffen durchzuringen, bei dem dann alles schief geht, weil ich zu verschüchtert und verängstigt bin, der andere das aber nicht nachvollziehen kann, unsensibel wird, woraufhin ich noch ängstlicher werde, hysterisch, verstört – und dann ist alles zu spät, es wird in so einer Situation für keinen Anwesenden ein glückliches Ende nehmen.

Nur Filigranlover lässt sich auf mich ein, ist interessiert an mir, nimmt sich Zeit für mich, lässt mich meine Welt erklären, die so anders zu sein scheint als seine. Nur er fragt mich, was er mir Gutes tun könnte, was ich mir wünsche, wonach ich mich sehne. Manchmal denke ich mir, er wäre ein Hirngespinst, so einfühlsam er mit mir umgeht, so seelsorgerisch er mit mir schreibt, vor ihm und seinem zukünftigen Besuch fürchte ich mich fast gar nicht. Er dagegen äußert nicht so sehr viel von sich, Oberflächlichkeiten allenfalls, wo er arbeitet, wo er wohnt, mit wem er sich trifft, wofür er sich interessiert, wohin er geht, was er isst, wann er aufsteht, solche Dinge, doch wenn ich tiefer gehen möchte, dann sagt er, dass alles in Ordnung sei, dass er leider nicht mit solch besonderen Eigenarten ausgestattet sei. Dass er von Kind an unkompliziert gewesen sei, herrlich unproblematisch, selbst als rebellischer Jugendlicher merkwürdig genügsam und entspannt. Selbst sein Coming-Out, das er erst sehr spät erlebte, mit ungefähr 35, nachdem er von seiner weiblichen Jugendliebe geschieden worden sei, weil ihm mit jedem Ehejahr klarer geworden war, dass da noch etwas anderes in ihm stecke, etwas, das noch nicht ausgebrochen war, und dass es eben nicht normal war, sich so von seinen männlichen Kollegen einnehmen zu lassen, wirklich zu jedem Fußballspiel, Poker- oder Kneipenabend mitzugehen, seine Frau alleine zuhause zu lassen, nur weil er so nach der Gesellschaft dieser Männer gierte, ja, jeden Tag in ihren letzten zwei Ehejahren wurde ihm deutlicher, was ihm fehlte. Nachts in seinen Träumen sah er diese Männer, nackt, ihn lockend wie die Sirenen bei Odysseus, ein ums andere Mal wachte er wie ein Teenie nach seiner ersten nächtlichen Ejakulation auf, schrieb er, mit klebrigem Sperma an der Unterhose, sich wundernd, was da los sei, ja, selbst dieses Coming-Out war so merkwürdig unkompliziert, vielleicht weil seine Frau schon längst etwas gespürt hatte, eigene Wege gegangen war, und seine Eltern sich von ihm längst so entfremdet hatten, dass es ihnen egal war, was er tat, was er fühlte, was er mit seinem Leben anfing.

Nur Filigranlover fragt mich, wie ich mir das leisten könne, zuhause zu bleiben, wie ich diese Dreizimmerwohnung finanziere, wie ich mir den Nippes, von dem ich erzählte, die Möbel, die Blumen, die Lebensmittel, denn leisten könne, woher das Geld stamme. Und ich erzähle ihm, dass die Wohnung mir gehört, dass ich sie von meiner Mutter, Gott hab' sie selig, geerbt habe. Dass ich meinen Lebensunterhalt mit Heimarbeit verdiene, eine Arbeit, mit der ich sicherlich nicht reich werde, die mich aber ganz gut über die Runden bringt, und Ausgaben für Urlaube, Autos, Ausgehen habe ich ja nicht, das Geld für das Übersetzen von Bedienungsanleitungen vom Polnischen ins Deutsche reiche bei Weitem für meinen Lebensstil aus, mehr müsse es nicht sein, obgleich mehr Geld immer besser sei, ob man es braucht oder nicht.

Mich öden diese anderen Gespräche auf diesen Blauen Seiten an, es entwickelt sich nichts Neues, nur mit Filigranlover gibt es wirklichen Kontakt, in dem Sinne, dass wir uns für einander interessieren und nicht nur für unsere Schwänze. Doch auch das wird nach einigen Wochen belastend für mich, dieses Chatten mit ihm, denn – wie soll ich es erklären – während ich die Scheu verliere, ihn zu treffen, Sicherheit gewinne, Vertrauen, das, was ich seit ihm, meinem verstorbenen Geliebten, der mich genau vor einem Jahr, fünf Monaten, drei Wochen, zehn Tagen und fünfzehn Stunden das letzte Mal besucht hat, niemals wieder gegenüber einem Menschen hatte. Wie denn auch? Ich habe seitdem ja niemanden mehr gesehen, dieses Vertrauen, dieses wohlige Gefühl habe ich wieder, und ich sehne mich so sehr danach, einen Menschen zu sehen, ihn zu spüren, zu riechen, zu fühlen, zu berühren, ich weiß nicht, ob das jemand nachvollziehen kann, der normalen Kontakt zu Menschen hat, der zur Begrüßung umarmt wird, geherzt, geküsst vielleicht sogar, jemand, der einen Partner, eine Partnerin hat, kuschelt, knutscht, knattert, wie wir es früher als Jugendliche nannten. Ich weiß nicht, ob das der gewöhnlich lebende Mensch versteht, der Hans Müller oder der Thomas Meier, wie ich mich fühle, wonach ich mich verzehre, nach kleinen Berührungen, nach dem Geruch anderer Menschen, das fehlt mir am meisten, obwohl es auch die meisten Ängste hervorruft, und doch ist er nun derjenige, der sich sträubt, der ausweicht, wenn ich vorschlage, sich endlich zu begegnen, in der Realität, in meiner Wohnung, in meiner Welt – und doch bin ich mir sicher, dass er früher oder später einwilligen wird, und dann wird es sehr schön mit uns beiden.

Doch dann male ich mir wieder aus, was alles passieren könnte: Er kann mich nicht riechen, vielleicht findet er mich hässlich, vielleicht mag er meine Stimme nicht oder meine Wohnung, meine Wohnungseinrichtung, vielleicht beginne ich zu schwitzen, wenn er mir näherkommt, vielleicht muss ich dauernd auf die Toilette, vielleicht wird mir schlecht und ich übergebe mich auf ihn. Mir gehen so viele Szenarien durch den Kopf, er findet meine Füße zu knorpelig, meine Falten zu faltig, meine Zähne zu gelb, meine Finger zu fleischig, meine Lippen zu trocken, meine Augen zu wenig glänzend …

Er findet seltsame Ausreden, dieser Filigranlover, mal ist er auf Dienstreise, wenn ich ihn einlade, mal behauptet er krank zu sein, mal beantwortet er meine Nachrichten tagelang nicht, und kommt auch nicht online. Solche Dinge kann man auf den Blauen Seiten ja durchaus herausfinden, da braucht man nicht sehr viel Ahnung von Technik zu haben, hier auf den Blauen Seiten kontrolliert man sich, stellt sich nach, hier werden Outings zwangsweise produziert, indem man den Kollegen, den Nachbarn, den Freund des Bruders wiedererkennt, trotz Nickname, der vom richtigen Namen ablenken soll. Einfach, weil man alle Profile durchklickt, auf der Suche nach Mr. Right, aber auch nach anderen Schwulen aus der Nachbarschaft, aus dem Unternehmen, aus der Familie. Beim nächsten Chat geht er gar nicht auf die Einladung ein, fragt dafür aber sensibler nach, wie es mir gehe, noch mehr Fragen stellend zu meinem Zustand, zu meinen Lebensverhältnissen.

Und dann passiert etwas Schlimmes, während ich so darüber nachdenke, wieso er mich nicht treffen, wieso er mich hier bei mir zuhause nicht besuchen möchte, obwohl das am Anfang ja seine Intention gewesen war, angeblich, und dann denke ich, dass er mich vielleicht nur als den leidenden Menschen sieht, den er interessant findet, aber vor dem er sich schützen möchte, dass da kein sexuelles Interesse besteht, aber vor allem auch kein Interesse, eine enge Beziehung einzugehen. Ich beginne ihm zu misstrauen, ihm insgeheim vorzuwerfen, dass die gelegentlichen Flirts, die sexuellen Anspielungen und manchmal auch mehr – man könnte es Cybersex nennen, wenn wir plötzlich anfangen, von unseren Schwänzen zu sprechen und was wir tun würden, wenn wir gerade nebeneinander säßen oder lägen –, dass ihm dies alles nichts bedeutet, dass er nur Mitleid mit mir hat, dass ich seine gute Tat des Tages bin, dass er sich vermutlich überhaupt keinen runterholt, während er mit mir diesen merkwürdigen Computersex hat. Ja, das Schlimme für mich ist, dass sich ein großes Misstrauen in meinen Kopf und in meinem Herzen festsetzt, dass ich beginne, ihn weniger zu mögen, nicht mehr auf seine Nachrichten zu warten, er wird mir gleichgültiger, bis ich sogar, obwohl ich permanent online bin auf den Blauen Seiten, manchmal zwei, drei Tage verstreichen lasse, bis ich ihm antworte, was ihm wiederum merkwürdig vorkommt. Er spricht es sogar an, und Recht hat er, ich, der die ganze Zeit zuhause sitze, am Laptop, das ja mein Arbeitsgerät ist, eines der wenigen, ich, der die ganze Zeit im Internet bin, schon auch, weil ich vieles dort nachschlage, meine Jobs über das Internet akquiriere etc., wie kann es sein, dass ich nicht in kurzer Zeit antworte, das mag er nicht verstehen, und deutet an, dass er sich verletzt fühlt, was mich wiederum abstößt, mich fragen lässt, was er sich einbildet.

Die nächsten Tage streiten wir uns, wenn wir miteinander chatten, ich ertrage es kaum, aber auch er scheint dabei keine bessere Figur zu machen, er schießt wild zurück, wenn er das Gefühl hat, beleidigt zu werden, wobei er sehr verletzlich erscheint, so verletzlich wie ich selbst. Wir streiten auf einer merkwürdigen Ebene, schließlich kennen wir uns nicht, schließlich haben wir uns nie gesehen, aber auch das geht offensichtlich, und dabei fällt mir erneut das Buch von Glattauer ein, ja, natürlich kann man sich auf diese Weise streiten, aber da ist noch irgendetwas anderes, ich weiß allerdings nicht was. Ich grübele tagelang darüber nach, selbst, als wir uns wieder annähern, als wir wieder liebevoller werden, fast wie zu den besten Zeiten unseres Chats. Ja, bemitleidenswert ist das doch, wenn Gespräche im Internet das Highlight eines Lebens sind, und trotzdem freut es mich, dass es wieder besser läuft, das »unsere Beziehung« etwas aufblüht, es gibt mir Hoffnung auf mehr.

Mit den anderen Chattern läuft es auch wieder besser, vielleicht weil ich mittlerweile eine Aura des weisen alten Mannes ausstrahlen kann, der Interesse weckt, aber auch den Eindruck macht, als könne man sich bei ihm ausheulen, ihm davon erzählen, wie ermüdend es ist, stundenlang auf den Blauen Seiten rumzuhängen, unzählige Nachrichten zu verfassen, um herauszufinden, ob der andere tatsächlich Mr. Right ist. Und noch deprimierender: Wenn man auf der Suche nach Sex ist, aber sich nichts auftun möchte, so rein gar nichts, und man sich schon fragen muss, was bei einem nicht stimmt, denn jeder kriegt doch hier nach kurzer Zeit einen Sex-Partner, wenn er das möchte. Mitnichten, antworte ich dann meistens, mitnichten, viele erzählen von diesem Phänomen, genauso wie sie immer wieder davon berichten, dass es so viele Fake-Profile in diesem Chat gebe, und ich frage mich, welchen Grund man dafür haben könnte, sich so ein Profil zuzulegen, in dem man sich als jemand anderes ausgibt.

Was soll das, frage ich auch die anderen Chatter – und ihnen fallen viele Gründe ein: Dass man sich im Profil jünger macht, weil »die Schwulen« in »ihrem Schönheits- und Jugendwahn« Filter einbauen in ihrer Suche, nur die Altersspanne von 18 bis 30 berücksichtigt wird, so als Beispiel, alle anderen sieht man da nicht bei der Funktion: »Wer ist online?« Oder dass man andere Bilder einstellt, um attraktiver zu erscheinen, wobei das wirklich dumm ist, denn irgendwann, spätestens beim ersten Treffen, fällt ja der Schwindel auf, oder dass man bei der Schwanzgröße schummelt, so viele XL-Schwänze kann es doch gar nicht geben ...

Ich kann mich kaum auf meine Übersetzungen konzentrieren, ständig denke ich an die Blauen Seiten, den Ton habe ich zwar ausgeschaltet, die Harfenklänge höre ich nicht mehr, denn sie sollen mich nicht ablenken. Aber das führt dazu, dass ich permanent schauen muss, ob ich eine Nachricht erhalten habe, ob sich Filigranlover meldet, ob er online ist, ob einer meiner jüngeren Chat-Freunde einen Rat brauchen könnte. Endlich fühle ich mich in der Welt angekommen, fast so etwas wie ein Freundeskreis hat sich nun entwickelt, virtuell zwar, aber besser als nichts. Ich bekomme Aufmerksamkeit, es wissen Menschen, dass es mich gibt, ich bin von Bedeutung für sie, ein Gefühl, das ich so lange Zeit entbehren musste, das ist etwas, das mich einen Aufschwung fühlen lässt, Hoffnung, darauf vielleicht, dass sich meine Isolation aufheben könnte, es ist nicht das übliche In-die-Welt-Kommen, aber was habe ich schon für Möglichkeiten in meiner Situation?

Mein Training wird verbissener, ich mache mehr Liegestütze, das Hanteltraining wird mit mehr Übungen aufgemotzt und nach einiger Zeit bestelle ich mir tatsächlich einen Cross-Trainer, den ich einfach in das überzählige Zimmer – und nun Lager – stelle, neben meine Schätze, launige Motown-Musik dabei hörend, welche mich in Tanzlaune zu bringen vermag, gerade richtig zum Cross-Trainieren. Es macht mir Spaß, ich fühle mich stark, ich merke, wie meine Muskeln fester werden, auch in diesem Alter, wie alles straffer wird, schöner, attraktiver, vielleicht attraktiv genug, um Filigranlover von mir überzeugen zu können. Bald beginne auch ich mit dem Fotografieren meiner Person, mit dem Bilder-Einstellen auf den Blauen Seiten, damit er sieht, wie ich mich gerade »immer mehr mache« – ja, er soll mich endlich treffen, er wird zu mir kommen und dann wird es so sehr schön, ich weiß das, ich fühle das!

Mein ehemaliger Geliebter hatte mich stets auf dem Laufenden gehalten, hatte mir erzählt, welche Partys in unserer Stadt angesagt sind, welche Verhaltensweisen unter Schwulen, welche Kleidungsstile, damit ich diese Realität mit der aus meinen Büchern abgleichen konnte. Denn meine eigene Realität befand sich, befindet sich immer noch, in meinen eigenen vier Wänden, die nur von mir bevölkert werden. Er erzählte mir davon, wo heutzutage die Cruising-Areas in unserer Stadt sind, wo sich also die schwulen Männer rumtreiben, um mit Namenlosen zu ficken, wo sich die Schwulensaunen befinden, berichtete mir von seinen Besuchen dort, erzählte, wer von seinen Freunden und Bekannten HIV-positiv sei, zum Glück nur wenige, erzählte mir von den neuen Selbsthilfegruppen, knipste Fotos von den Christopher Street Days, mit seinem eigenen Blick, der nicht in den Online-Magazinen zu finden war, in denen ich die restlichen Bilder dieser Veranstaltungen betrachtete. Er erzählte mir von der neuen selbstbewussten Generation schwuler Jungs, die ihren Eltern von ihrer Veranlagung erzählen könnten, die sich aufreizend anzogen, auch in der Öffentlichkeit, die oft leicht feminisiert waren, aber dazu offen standen, die stolz auftraten, Spaß an ihrem Sein, an ihrem Schwulsein, zu haben schienen. Eine andere Welt für mich, die ich tatsächlich nur aus zweiter oder dritter Hand kannte, die aber trotzdem Teil meines Lebens wurde, aber auch das intensivierte sich nun durch die Blauen Seiten, irgendwie. Merkwürdig, ich weiß, nicht nachvollziehbar für Menschen, die nicht mein Leben führen, die nicht diese Einschränkung kennen, nicht diese Ängste, die sich in meinen eigenen vier Wänden leichter im Zaum halten lassen, die nicht mehr ausbrechen müssen, und selbst wenn, dann kann nichts passieren, zumindest keiner anderen Person, und das beruhigt mich schon so sehr, dass ich ein bisschen Grundsicherheit gewonnen habe.

Filigranlover bemerkt natürlich meine Wandlung, mein neues Selbstbewusstsein, meinen Körper, den ich jetzt präsentiere, zumindest auf den Blauen Seiten, er bemerkt meinen forscheren Ton ihm gegenüber. Er spricht mich darauf an, diskutiert es in langen Nachrichten mit mir, fragt mich nach meinen Beweggründen, nach seinem Dazutun, nach den anderen Nutzern, inwiefern die mir eine Hilfe waren, eine Unterstützung. Er fragt mich danach, ob ich auch mehr sexuelles Verlangen verspüre, mehr Wunsch, noch mehr Wunsch, nach Nähe, und ich gebe begierig Auskunft, möchte auf eine sexuelle Schiene mit ihm gelangen, ihm schreiben, was ich alles mit ihm machen möchte, wenn er doch endlich zu Besuch komme, was ich alles mit seinem Schwanz tun werde, wo ich ihn überall liebkosen und küssen werde, wie ich seinen Hintern bearbeiten werde. Doch er blockt ab, erneut, blockt immer wieder, wie so oft, und geht auch nicht auf Terminvorschläge ein, stattdessen fragt er immer mehr, dringt immer tiefer in die Materie ein, fragt genauer nach, so als würde es um Leben und Tod gehen. Einmal rastet er fast aus, als ich erneut versuche, sexuell zu werden, nachdem er mich mit Fragen gelöchert hat, »Jetzt sag es mir doch, jetzt sag es mir doch endlich!!!«, schreibt er mir, und ich denke, was ist denn los, was will er, welches Interesse hat er, das kann er alles erfahren, wenn er mich endlich besucht, oder?

Die nächsten Tage ist er nicht online, auch ich mache eine Pause, nehme mir vor, die Tage ein bisschen härter zu arbeiten. Eine Abgabe liegt vor mir, es waren plötzlich viel zu viele Aufträge auf einmal an mich herangetragen worden, die ich gezwungen war anzunehmen. Als Selbständiger hat man ja kaum Möglichkeiten etwas abzusagen, und wenn es einmal fließt, dann fließt es, dann soll es so sein, daher versuche ich mich möglichst wenig vom Internet, von den Blauen Seiten, ablenken zu lassen, doch es ist schwer, ich habe mich daran gewöhnt, an meinen virtuellen Freundeskreis, an meinen virtuellen Partner, an Filigranlover, dem ich alles von mir erzähle, und der mich früher oder später treffen wird, da bin ich mir noch immer ganz sicher.

Meine Mutter war so etwas, was man vielleicht »Kümmerin« nennen könnte. Mein Vater wurde bereits nach kurzer Zeit der Ehe schwer krank, Multiple Sklerose, die sich sehr schnell entwickelte. Sie kümmerte sich um ihn, es war ihr Lebensinhalt, es schien sie fast glücklich zu machen. Für die jüngeren Frauen empfand sie nur Mitleid, wenn sie daran dachte, dass die sich selbst verwirklichen mussten, um sich ganz zu fühlen, außer Haus sein müssten, ihr eigenes Geld verdienen. Dies alles bedeutete ihr nichts, sie wollte gerne das Heimchen am Herd sein, da kannte sie sich aus. Klar, sie ging gerne einkaufen, auf den Markt, in die Lebensmittelläden, sie liebte Feinkost, sie liebte Luxus, nur dass sie bald kein Geld dafür hatte, wegen der Krankheit ihres Mannes, die sie aufopferungsvoll hinnahm, die sie dazu benutzte, sich über alle anderen Menschen zu erheben, sich als Mutter Theresa zu fühlen, so lange zumindest, bis er endlich verstarb, endlich, sage ich, denn er hatte längst den Lebensmut verloren, die Lebensfreude, er wollte nicht mehr, nur noch sie, die Kümmerin, kümmerte sich um ihn, und ich, der noch zuhause lebte, auch als ich studierte, wollte ihn ebenfalls nicht mehr lebend sehen, es deprimierte mich.

Durch seinen Tod hatte sie nun ihren Lebensinhalt verloren. Meine Launen, meine kleinen Depressionen waren ihr nicht genug. Das stresste sie nicht so sehr. Sie begann ein sehr viel perfideres Spiel, nämlich mein Leben immer mehr zu beeinträchtigen, sie redete mir ein, den ein oder anderen Tag doch einfach zuhause zu bleiben, es störe sie nicht, und ich armer Teufel, ich könne doch nicht, und ich kranke Seele bräuchte doch gelegentlich Ruhe, ein Süppchen von ihr. Und so legte ich mich in diesen behaglichen Schoß meiner Mutter, die mich umsorgte, die mich zu ihrem neuen Projekt machte, die vermutlich nichts dafür tat, dass ich gesunde, eher im Gegenteil. Doch ich hörte weder auf meinen Psychotherapeuten, der dies immer wieder betonte, diese kranke Beziehung zur Mutter, den ich dann bald wechselte, so wie auch den nächsten, bis alles gut für mich war, bis ich entschied, nie wieder zu einem Psychotherapeuten zu gehen, nie mehr aus dem Haus, und dass das alles auch so gehen musste, meine Mutter war ja für mich da, später mein Geliebter, bis ich dann völlig aus der Welt war, in die ich gerade erst wieder mit langsamen Schritten hineingelange, auch dank Filigranlover.

Zwei Tage bin ich ganz abstinent, keine Blauen Seiten, das Internet nur zur Recherche, doch, als ich mich erneut anmelde, schreibe ich sofort Filigranlover und erlebe etwas Überraschendes, denn da steht, dass dieses Profil deaktiviert wurde. Ich frage mich, was das soll, schreibe eine Kurzmitteilung an die Mobilfunknummer, die ich ihm einst abgerungen, aber noch nie ausprobiert hatte, und die, wie sich nun zeigt, auch gar nicht seine ist, denn als die SMS nicht anzukommen vermag, rufe ich die Nummer an und es kommt eine Ansage, dass die Nummer nicht vergeben sei. Auch die gemeinsamen Freunde auf den Blauen Seiten wissen nichts von ihm. Als ich sie näher über ihn befrage, erzählen sie mir alle, wie sehr sie alle verwundert seien, vor allem nach den sehr intensiven Chats, bevor er sein Profil deaktiviert habe, nach dieser intensiven Beschäftigung mit ihren Problemen, den Ratschlägen, all diesem, und plötzlich weg, einfach weg. Das sei schon sehr ungewöhnlich, ungewöhnlich, frage ich empört, ungewöhnlich, mehr als das, für mich ist es mehr als ungewöhnlich, es ist eine Katastrophe, eine Katastrophe ist das, und alles kommt wieder hoch, der Tod meines Vaters, meiner Mutter, meines Geliebten …

Jedes Tagesende ist wie ein kleiner Tod, ist doch der Tod der Bruder des Schlafes, jede Trennung ist wie ein Tod, für mich ist jetzt alles wie der Tod, alles, mein Leben eine Farce, ein Leben, das darauf aufbaut, dass es da einen virtuellen Partner gibt, im Internet, der für einen da ist, der einem zuhört, der einen lieb hat, so wie man ist, der einem Freude bringt, Lebensmut, eine Farce ist solch ein Leben, das ich führe, das ich gezwungen wurde zu führen, von den Umständen, von den Ängsten, von meiner Mutter vielleicht, von meinem Vater, seiner Krankheit, seinem Tod, von der krankhaften Kümmernis meiner Mutter, von meiner eigenen Schwäche, ja, meiner Schwäche, meiner merk-würdigen Ichbezogenheit. Jawohl, ich bin nicht nur traurig, traurig über den Verlust, der sich so gut in mein Leben einreiht, ich bin auch wütend auf mich, darauf, dass ich mein Leben auf diese Weise eingerichtet habe, egal, ob ich dazu gezwungen wurde oder nicht. Ich weiß nicht, wieso das so ist, aber es macht mich wütend, dass ich so bin, verzweifelt wütend, und mich macht Filigranlover wütend, der nicht bei einem Unfall ums Leben kam, sonst hätte er sein Profil nicht deaktivieren können, oder hat es jemand anders für ihn übernommen? Wer weiß das schon, so oder so, er hatte andere Gründe, diese Gewissheit habe ich, sie macht mich wütend, und gleichzeitig traurig, ich weiß gar nicht, wie ich das wegstecken kann, was ich tun soll, was ich vom Leben möchte, jetzt. Die Hoffnung ist wieder verloren gegangen, wie gewonnen so zerronnen, sagt man, und die Hoffnung wird nicht mehr, als ich nach einigen Tagen der Verzweiflung, der Selbstmordgedanken, die ich nun nicht beschrei-ben möchte, weil ich mich dafür schäme, so sehr schäme, dass ich sie mir kaum eingestehen kann. Ja, die Hoffnung wird nicht größer, die Verzweiflung und Trauer nicht kleiner, als ich eine Nachricht auf den Blauen Seiten erhalte, die nicht von Filigranlover oder doch von ihm stammt, aber unter anderem Profilnamen, diesmal mit Fotos, Fotos eines jungen Mannes, der 25 Jahre alt ist, der sich bei mir Tausend Mal entschuldigt, mir mitteilt, dass er ein schlechtes Gewissen habe, weil er mich einfach für seine Studie benutzt habe, die er nach seinem Psychologiestudium durchgeführt habe, die er für einen Schwulen-Verlag zu einem Buch mit dem Namen »Die Blauen Seiten« verarbeiten möchte, während er sich einen Job suche, das genaue Thema könne er mir erklären, wenn ich nicht allzu sauer wäre, er habe ja meinen Nicknamen auch anonymisiert, aber es sei einfach zu interessant gewesen, was ich ihm geschrieben habe, und wenn er mir erzählt hätte, wieso er mit mir chatte, hätte ich ihm anders geschrieben, oder gar nicht mehr, und dann hätte es seine Studie verfälscht. Und als ich insistiere, dass dies alles ja nicht gerade wissenschaftlich sei, dass er so ein Buch sicherlich nicht im Ernst seinem Verleger vorlegen könne, weil er es mehr als ich es jemals hätte verfälschen können, mit seiner Schummelei diskreditiere, erzählt er mir, dass dies genau der Auftrag gewesen sei. Ein Experiment, das er durchführen durfte, welches sich auf schmalem Grat befinde, aber durchaus zulässig sei, so wie er es angelegt habe. Sein Verleger sei zu jeder Zeit in das Projekt genau einbezogen gewesen und wisse sogar von mir, ebenso von den anderen Probanden, die leider ebenso wenig darüber Auskunft bekommen hatten. Ich bekomme natürlich den Text per E-Mail zugeschickt, bevor er veröffentlicht werde, um ihn freizugeben, was ich jedoch jetzt bereits ausschließe, wie ich ihm deutlich zum Ausdruck bringe, doch er reagiert zunächst nicht darauf, und dann, nach einer Weile, wird er ganz erpresserisch und sagt, dass er Mittel und Wege finden werde, es doch zu veröffentlichen, falls er die Freigabe nicht erhalte, und ich frage ihn nur, warum und weshalb, und wie er auf die Idee kam, und er sagt nur, dass er keine Ahnung habe, dass es auf der Hand liege bei den Blauen Seiten und dass das Buch gut geworden sei, auch dank mir …